KB091444

발

시바리나의
발레일기

 # 들어가는 말

취미란 정말 신기하고도 이상합니다.
아무 생각이 없을 때는 마냥 즐겁기만 한데,
'더 잘해야 돼'라고 스스로를 압박하는 순간부터 더 이상 즐거워지지 않습니다.

즐겁게 시작한 발레를 의무적으로 하게 되어버렸을 때
마침 시바리나의 발레일기를 그리기 시작했습니다.
발레할 때 행복해하는 시바를 그리며 제 마음속 무거운 짐들을 조금씩 내려놓을 수
있었습니다.
시바리나를 통해 발레하면서 언제 가장 행복했는지 되짚어볼 수 있었으니까요.

나이가 들면서 무언가에 열정을 쏟는 게 굉장히 어렵다는 것을 느낍니다.
이 어려운 걸 해내고 있는 여러분도 스스로에게 자책 대신 칭찬과 격려를 해주는 건
어떨까요?

 오늘도 열정의 현장에서 땀 흘리고 있을 취미 발레생과 발레를 사랑하는
모든 분께 이 책이 작은 즐거움이 되었으면 좋겠습니다.

임이랑 드림

취미 바꾸는 게 취미였던 시바

재미는 있는데
수업 전후로 샤워하는거
귀찮아...

요가만 하면
왜 허리가 아프지..

지루해..

내 가슴..

5

어느 날 TV에서 아름다운 발레리나를 보고

우와 멋있다..

새해에는 발레를 해보기로 다짐한다

좋아쓰!
내년에는 발레를 해보는거야!

동네 발레 학원에 전화해 이것저것 질문을 하고

발레복은 꼭 입어야 하나요?

몇시 수업이에요?

아.. 처음에는 그냥
달라붙는 옷이면 된다고요?

아.. 저기.. 제가
성견 발레를
하려고 하는데요..

수업은 많이 어렵나요?

아 그렇구나..
그럼 다음주부터 가겠습니다~

부푼 마음(?)으로 잠자리에 든다

내가 제일 뚱뚱하면 어떡하지...?

contents

Level ❷
나도 이제 발레리나? _82

Level ③

발태기 극복! _ 146

Level ④

앞으로도 계속, 발레 _ 204

발레 수업을 등록했다

2개월 등록하시면
10% 할인되는데...
어떻게 해드릴까요?

아...
우선 한 달만 등록해 주세요
(발레를 한 달이나
할 수 있을지 모르겠어요 하하)

Level 1

설렘 반, 걱정 반

너무 달라붙는 거 입고 왔나...

살 빼면 입으려고 사뒀지만
3년째 입지 못하고 있던
한 치수 작은 반팔티

집에 있던 검정 레깅스

학원에서 구입한 발레 슈즈

첫 수업은 놀라움의 연속이었다

뻘쭘하니까
몸 푸는 척..

간단한
근력 운동부터
시작할게요~

상상했던 발레 수업과는 너무 달라서 한 번 놀라고

내 체력이 이렇게 저질이었나 싶어 두 번 놀라고

내가 이렇게 똥멍청이었나 싶어 세 번 놀라고

엄청 간단한 순서인 것 같은데
왜 못 따라하고 있지?

다음 날 느낀 엄청난 근육통에 네 번 놀랐다...

끄흑   모...못 일어나겠어 ㅠㅠ

#두발로 #들어갔다가
#네발로 #기어나오는 #운동

양 손을 가볍게 바에 올리고
바른 자세를 취해보세요

양 손을 올리고...

← 가장 덜 부담스러운
기본 레오타드와 스커트 구입

바른 자세 대신 평소 자세가 나온다

굽신
굽신

구부정

이...이게 바른 자세 한 거예요?

엉거주춤

선생님의 시범을 봤을 땐
그냥 가볍게 서 있는 거라고 생각했는데

자 어깨 열고
똑바로 서서

골반

무릎

발을

바깥으로 열어
1번 자세를 만들어 볼게요

골반을 열었더니
배가 나오고

배 집어넣으세요

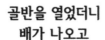

배를 집어 넣었더니
엉덩이가 나옴

엉덩이가 빠지면 안돼요
똥꼬 힘!!!!

갈비뼈를 닫으라는 건 대체 어떤 느낌인지..

서 있는 것부터 쉽지 않다

#방귀참듯이 #똥꼬힘주라는것만 #이해했어

1. 쁠리에(Plié)

: 구부리다

아까 만든 1번 자세에서
그대로 무릎만 구부려 주세요

개눈치

팔꿈치 들고

옆에서 봤을 때
이렇게 엉덩이가 빠지면 안돼요

X

2. 바뜨망 땅뒤(Battement Tendu)

: 팽팽히 당겨진 상태로 두드리는

위에서 누가 잡아당긴다~

숨 쉬세요 숨!

어깨 내려요

팔꿈치 들고

갈비뼈 닫고

똥꼬 힘!!

골반 나란히

배에 힘주세요

무릎 펴고

바닥 밀어서 나가요

서있는 다리
움직이지 마세요

발 끝 포인

드미 거쳐서 들어와요

3. 데가제(Dégagé)

: 해방된, 벗어난

땅뒤랑 비슷한데
다리를 45도 들어 올리는 거예요

팔꿈치 들어요

골반 빠졌죠

절도 있게 차세요!
공중에서 잠깐 정지!

허벅지 안근육 힘주세요

포인!

4. 롱 드 장브 아 떼르(Rond de Jambe à terre)

몸은 계속 위로 쭈-욱 늘어나요

힘들어 ㅠㅠ

턱 들고

골반 나란히

내 몸이 컴퍼스다 생각하고
반원을 그려주세요

서있는 다리
절대 움직이지 않아요

다리 더 길~게

5. 바뜨망 퐁뒤(Battement fondu)

: 가라앉다

키는 위로 계속 커져요

집에 가고 싶다..

팔꿈치!!

서있는 다리랑 나가는 다리 무릎이
동시에 펴져야 돼요

발 끝에 치즈가 묻어있다 생각하고
끈적끈적하게 쭈욱- 늘려주세요

6. 데블로뻬(Développé)

: 펼치다

울고싶어ㅠㅠ

강아지 쉬 하는 자세
아니에요

바에
기대지 마세요

무릎 펴요

포인

서있는 다리도
무릎 펴요

7. 바뜨망(Battement)

: 두드리다, 부딪치다

와 이게 젤 신난다!!!

발이 코에 닿게
뻥뻥 차세요!!!!

포인

상체 세우고

서있는 다리 무릎 펴요!!

8. 림버링(Limbering)

바에서 스트레칭 하면서
몸 풀어줄게요

다리가
안올라가여...

흥달달

흥달달

#우아한_운동인줄_알았는데...

바에서 새는 바가지는

옴마야

허벅지 힘!!

바에
기대지 마세요

골반 나란히!

센터에 가도 샌다

중심 잡으세요!

허공에
기대려고 하지 마세요

골반!

#으휴 #주책바가지

수업 내용은 뭐가 뭔지 하나도 모르겠는데

순서도 어렵고

동작 이름도
못 외우겠고

몸은 힘들고

으아아
아아아아
아아아아

아아아
아아아아아
아아아아아

재미가 있다

폴짝

폴짝

#뭐지 #이_낯선감정은

어느 날 주변을 둘러보니
내 발레복만 너무 평범하다는걸 느꼈다

나만 너무 칙칙한가..?

집에 와서 발레복 폭풍 검색 중

발레복도 종류가 많네

가격도
천차만별이고..

스커트도 예쁜거 많다! ㅋㅋ

겨울엔 추우니까
워머도 입어야 하는구나..

우와 직구 하는 사람들도 있어!

음... 뭔가
많이 화려하지 않으면서 독특하고
몸매를 잡아주는 탄탄한 소재에
금방 질리지 않으면서
가격은 합리적인 레오타드 없나?

에라 모르겠다
일단 다 사자

며칠 뒤 택배 도착!

택배요~

네!! 나가요!!!

두근 두근

같이 뜯어 보실래요?

개발레샵

발레할 때 필요한 준비물

1. 슈즈

발레를 처음 시작할 때 레오타드는 없어도 되지만 발레 슈즈는 꼭 지참해야 한다
(슈즈 대신 양말을 신을 경우 미끄러지거나 관절에 무리가 갈 수 있다).
발레 슈즈에는 천슈즈와 가죽 슈즈가 있는데 보통 천슈즈를 많이 신는 편이다.

슈즈는 자신의 발 사이즈에 딱 맞게 신는 것보다 살짝 여유가 있는 게 좋으며, 브랜드에 따라 발볼을
선택할 수도 있다. 프로는 장비 탓을 하지 않지만 아마추어는 발레 동작에 어려움이 생기면 장비부터
탓하게 되는데, 이 덕분에 여러 브랜드의 슈즈를 경험하다보면 자신의 발에 잘 맞는 슈즈를 찾을 수
있다.

  발바닥 가죽 덧댐 부분은 일체형보다 분리형으로 되어있는 것이 발 움직임에
편하다. 뿐만 아니라 포인이 더 잘 되는 것 같은 시각적인 효과도
나타나는데, 원래 포인을 잘하는 사람은 어떤 슈즈를 신어도 잘해
보인다.

〈일체형〉 〈분리형〉

슈즈는 왼쪽, 오른쪽 구분이 없지만 오래 신다 보면 구분이 가능해진다.
슈즈를 오래 신다 보면 발냄새 어택에 세탁을 하게 되는 경우가 있는데, 이 경
우 잘못 세탁하면 사이즈가 줄어들 수 있다. 슈즈는 세탁 대신 햇빛이 잘 드는
곳에 두어 냄새를 바짝 말리도록 한다. 이때, 슈즈를 건조대에 널어놓은 채 수업을 가버리는 실수를
자주 범하므로 자연 건조가 끝난 슈즈는 꼭 발레 가방에 챙겨두어야 한다.

2. 레오타드

레오타드는 소재나 디자인에 따라 종류가 천차만별이다. 발레리나처럼 마르고 탄탄한 몸이라면 어떤 레오타드를 입어도 예쁘지만 우리 몸은 레오타드의 소재와 디자인에 따라 날씬함의 정도가 달라지기 때문에 다양한 레오타드를 입어보며 자신의 체형에 맞는 것을 찾는 것이 좋다(는 말은 장비병을 합리화 하기 가장 좋은 핑계이다).

소재

크게 면과 합성 섬유로 나눌 수 있다. 면 소재는 몸을 탄탄하게 잡아주고 땀 흡수가 잘 되는 장점이 있지만 신체의 어느 부분에서 땀을 흡수했는지 적나라하게 드러나는 단점이 있다. 또한 세탁을 하면 할수록 색이 바래거나 금방 낡기도 한다.

합성 섬유는 탁텔, 나일론, 라이크라 등 여러 가지이며 대개 광택이 돌고 신축성이 좋다. 소재에 따라 몸매 라인을 잡아 주기도 하지만 군살을 여실히 드러내기도 한다. 여러 번 세탁을 해도 금방 낡지 않는다.

디자인

① 반팔

어깨, 겨드랑이, 팔뚝 살 커버에 효과적인 디자인이다. 간혹 신축성이 좋지 않은 소재일 경우 동작에 불편함을 느낄 수 있다. 넓은 어깨를 가리기 위해 반팔 레오타드를 선택하는 경우가 있는데 오히려 반팔이 태평양 같은 어깨를 부각시키므로 주의하도록 한다.

역시 젤 무난한 검정!
레이스가 고급지네 ㅋㅋ

스커트도
너무 예뻐

② 캐미솔 / 민소매

발레 동작을 하는 데 가장 불편함이 적은 디자인이다.

상체가 발달한 (어깨가 넓고 글래머러스한) 체형이라면 어깨 끈이 얇고 넥라인이 깊게 파인 디자인은 피하는 게 좋다. 암홀까지 깊게 파여 있다면 삐져나온 겨드랑이 살이 신경쓰일 수도 있다.

민소매 입으니까
겨드랑이 살이 막 튀어나오잖아?

뭐 어때
수업 시간에
아무도 나 신경 안쓰던데 ㅋㅋ

③ 홀터넥

목에 불편함을 느낄 수 있는 디자인 때문에 호불호가 갈린다. 끈이 목에서 등까지 연결되어 있는 디자인이 좀 더 안정감 있으며 목에 부담도 덜하다. 어깨가 넓고 글래머러스한 체형인 사람들이 입으면 오히려 어깨가 좁아 보이고 가슴도 안정적으로 잡아주어 체형 보정 효과가 있다.

홀터넥은
목줄 한 느낌이야..

이런 홀터넥은
목에 부담이 없군!!

④ 7부 / 긴팔
팔뚝이 얇아 보이는 효과가 있으나 여름에 입기 힘들다. 덥다고 소매를 걷어 올리면 피가 통하지 않는 단점이 있다.

사이즈 선택
인터넷으로 주문할 경우 브랜드별 사이즈 표를 잘 살펴봐야 한다.
수입 레오타드는 브랜드마다 사이즈가 조금씩 다르기 때문에 가슴, 허리, 엉덩이 둘레와 토르소(girth) 길이를 꼼꼼하게 측정 후 구입해야 환불이나 교환의 번거로움을 줄일 수 있다.

아.. 이건 너무 서양견 체형에 맞게 나왔네..
같은 라지 사이즈인데...

꽈   악

레그컷
레오타드 선택에서 은근히 중요한 것이 바로 레그컷이다. 레그컷이 높으면 다리가 길어 보이는 효과가 있으나 레오타드 안에 속옷을 착용했을 때 민망해질 수 있으므로 적당한 높이의 레그컷을 선택하는 것이 좋다.

바로
이 부분!

BP

레오타드를 처음 입을 때 가장 신경쓰이는 BP. 브라캡이 내장 되어 있는 레오타드도 있지만 그렇지 않을 경우 안감에 캡을 살짝 꿰매어 사용하면 편하다.

바느질이 귀찮아 그냥 캡을 끼워 넣고 수업을 들을 경우 레오타드 안에서 캡이 제 멋대로 돌아다니거나 밖으로 빠져 나오는 대참사가 발생할 수 있다. 니플 커버나 니플 밴드를 붙이는 방법도 있지만 사실 아무 것도 안하는 것이 편하다. 아무도 내 BP에 관심 없다.

3. 타이즈

레오타드와 함께 꼭 착용해야 하는 타이즈. 맨다리로 수업을 들을 경우 바닥과의 마찰로 인해 부상 위험이 있다. 색상이 다양하지만 (연핑크, 커피, 블랙 등) 다른 옷과 함께 세탁 시 보라색, 자주색, 탑골공원 비둘기색 등으로 염색되기 때문에 블랙이 아니면 색상 선택에 큰 의미가 없다.

일반 타이즈와는 다르게 발바닥에 구멍이 뚫려있는 홀타이즈가 있는데 이는 토슈즈를 신을 때 발 보호 용품을 편리하게 착용하거나 발에 부상을 당했을 때 쉽게 확인하기 위함이다. 또한 발에 땀이 났을 때 발목까지 걷어 사용할 수 있고 발레복을 입은 채로 귀가할 때 바지 안에 쏙 넣어 감추기도 편하다.

4. 스커트

허리에 두르는 형식의 랩스커트와 탈의가 편한 풀온 스커트가 있다. 디자인과 길이에 따라 체형 보정 효과가 있고 길이가 짧으면 귀엽고 발랄하게, 길면 우아한 느낌으로 연출할 수 있다.

롱 스커트는
다리가 좀 짧아보이지만
턴 돌 때 예쁘지~!

5. 바지 / 치마 바지

레오타드만 입기엔 민망하고 스커트는 걸리적 거리는 느낌이라 불편하다면 바지를 추천한다. 스커트를 입었을 때보다 골반이나 근육의 움직임을 더 자세히 볼 수 있고 무엇보다 대자연의 섭리로 고통받는 그 날에 부담 없이 입을 수 있다.

6. 워머

겨울에는 추위에 경직된 몸을 따뜻하게 감싸주는 워머가 필수이다. 슈러그, 랩가디건, 레그 워머, 웜업 부츠, 땀복, 전신 워머 등 종류가 다양하며 부상 방지라는 확실한 명목 덕분에 한겨울에도 소비 심리가 얼어 붙지 않는다.
보통 워머는 몸에 땀이 나기 시작하면 벗어 놓지만 수업이 끝날 때까지 워머를 벗을 수 없는 경우가 있는데 그건 살 쪄서 그렇다. 땀복과 웜업 부츠를 함께 매치했을 경우 자칫 농사 짓는 영의정처럼 보일 수 있으나 따뜻하면 그만이다.

#소비는 #언제나 #짜릿해

간단하지만 예쁜
왈츠 스텝을 배워볼 거예요

포인 해야죠

바람 인형처럼
살랑살랑 거리는 모습을
표현해주세요

팔은 크게 크게

스텝은 사뿐사뿐

하지만 거울 속의 나는

택견을 하거나

탈춤을 추고 있다

#발랑쎄 #얼쑤

글리싸드(Glissade) : 미끄럼, 미끄러지기

뿔리에

오른발 나갈 준비 하세요

미끄러지듯이 뛰어서
옆으로 이동하는 거예요

미끄러지는 오징어 한 마리..

헷갈리네..

어깨 똑바로

무릎 펴요

포인

오른발이 뒤로 가야죠

글리싸드는
시작과 착지할 때 발이 같아요

아쌍블레의 경우의 수는 두 가지

파닥

파닥

두 다리 붙어야죠!

이렇게!

글리싸드랑 준비 자세는 똑같은데
제자리에서 뛰는 거예요

공중에서 만나지 못한 다리가
그대로 떨어져 착지가 어정쩡해지거나

공중에서 두 다리가 붙으면

어깨 뭐죠?

5번 발로 떨어져야죠

우왓!

착지할 때 발을 밟거나..

으악!!!!

아파 시바 ㅠㅠ

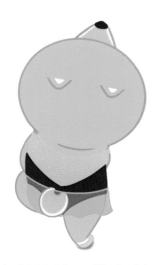

#미끄러지다가 #셀프고문하는 #오징어

빠 드 샤(Pas de Chat) : 고양이 스텝

빠

드

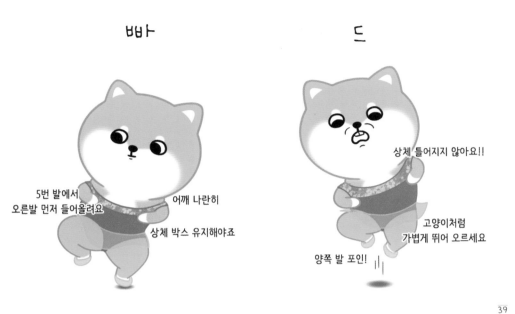

5번 발에서
오른발 먼저 들어올려요

어깨 나란히

상체 박스 유지해야죠

상체 틀어지지 않아요!!

고양이처럼
가볍게 뛰어 오르세요

양쪽 발 포인!

샤

샤?

고양이 스텝으로
달려왔지 말입니다

부르셨습니까 행님

#이름만예쁜 #스텝

지난 시간

40

다음 시간

내 거친 생각과   # 불안한 눈빛과

그걸 지켜보는 너..

#그건 #아마도 #전쟁같은 #순서

샤..샤쎄가 뭐였지?

쥬떼는
여러 개 같은데...

샤쎄 쥬떼 뛸게요~~

아! 그거요?

투스텝 하고
점프 하는거 있잖아요~

궁금한 게 생겼다

개우뚱

??

바에서 땅뒤 다음에 하는 것도
쥬떼라고 하고

센터에서 뛰는 것도
쥬떼라고 하고

쥬떼가 동작 이름 아닌가??
헷갈리네..

용어의 뜻을 이해하면 쉽다는 선생님의 말씀!

쥬떼(Jeté) : 던지다

공중에 발을 '던지다'

공중에 몸을 '던지다'
'크게'를 뜻하는 'Grand'를 붙이면
'Grand Jeté'

빠쎄(passé) : 지나가다

데블로뻬나 아라베스끄 할 때
거쳐가는 '빠쎄'

지나가는 동작이에요

앙 드당(En Dedans) : 안에
몸 안쪽으로 돌아요

앙 드오르(En Dehors) : 밖에
몸 바깥쪽으로 돌아요

다리를 A 모양으로 만들어서
'A샤뻬'인줄 ㅋㅋㅋㅋ

에샤뻬(Échappé) : 벗어나다

뿔리에 할 때 모여있던 두 다리가
서로에게서 벗어나니까 붙여진 이름이겠죠?

다른 용어도 찾아 보기 시작했다

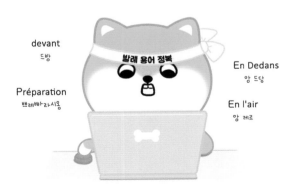

devant
드방

Préparation
쁘레빠라시옹

발레 용어 정복

En Dedans
앙 드당

En l'air
앙 레르

à terre(아떼르) : 땅에

Ballonné(발로네) : 부풀어 오른다

Ballotté(발로떼) : 요동치다

Battu(바뛰) : 매를 맞은, 얻어맞은

Cambré(깡브레) : 활처럼 휜

Cou-de-pied(꾸-드-삐에) : 발목

En l'air(앙 레르) : 공중에, 허공에

Grand(그랑) : 크다

Ouvert(우베르) : 열린

Pas de deux(빠 드 두) : 두 사람이 추는 춤

Penchée(빵셰) : 기울어진, 경사진

Petit(쁘띠) : 작은

Pirouette(삐루에뜨) : 회전, 반회전

Piqué(삐께) : 찌르다

Relevé(를르베) : 다시 들린

Sauté(쏘떼) : 점프하다

Tombér(똥베) : 떨어진

아
이런 뜻이었구나~

으아앙

샤쎄(Chassé) : 내몰다, 내쫓다

쥬떼(Jeté) : 던지다

그럼 샤쎄 _ 쥬떼는
쫓기다가 공중에 몸을 던져버리는 동작인가봐 ㅋㅋ

#학구열 #불태우게하는 #발레

발레 용어와 더불어 알쏭달쏭 헷갈리는 몸 방향

에꺄르떼 데리에~

???

이건 드방이죠

맨날 하는데 할 때마다 모르겠다

똥멍청이가 된 기분이야 ㅠㅠ

차근 차근 하나씩 알아보자개

1. 크로와제 드방(Croisé Devant)

드방(Devant) : 앞으로
데리에(Derrière) : 뒤로
크로와제(Croisé) : 십자형의, 교차한

크로와제는 관객석에서
내 가랑이가 보이면 안돼요

다리는 앞으로 나갔으니까
'드방'

철벽
방어

2. 크로와제 데리에(Croisé Derrière)

같은 상태에서
발이 뒤로 가면
'데리에'

3. 에퐈쎄 드방(Effacé Devant)

에퐈쎄는
내 가랑이가 보여요

다리는 앞으로 나갔으니까
'드방'

까꿍

4. 에퐈쎄 데리에(Effacé Derrière)

마찬가지로 같은 자세에서
다리가 뒤로 갔으니까
'데리에'

까꿍

5. 에꺄르떼 드방(Écarté Devant)

사선 방향으로 서서
한쪽 다리에 무게 중심을 두고
다른 다리를 벌린 동작이에요
(에꺄르떼는 '떼어놓다, 벌리다'
라는 뜻!)

다리는 앞으로 나갔으니
'드방'

6. 에꺄르떼 데리에(Écarté Derrière)

이제 틀리지 말아요 우리~

벌린 다리가 뒤로 갔으니까
'데리에'

#이렇게 #외워도 #다음시간에 #또 #까먹음

근력 운동을 하면서 느낀 게 하나 있다

사이드 플랭크
30초 시작할게요~

심호흡 한번 하고
하나, 둘, 셋

선생님의 초시계는 조금 (많이) 느리다는 것

하나아아아아아아~
두우우우우우울~

!!!

중간 중간 말하는 시간은 카운트 되지 않는다

시바리나
엉덩이 더 들어야죠
다서어어어엇~   어깨에 힘주지 말고   여서어어어엇~   엉덩이 닿으면
배에 힘주세요   처음부터 다시!
그래야 코어 힘이 생겨요   버티세요

아호호호홉~

아홉 반~

아홉 반의 반의 반~

그리고 또 하나

레그레이즈 30개 다했당!

약속을 잘 안지키심

마지막 다섯 개만 더!

진짜 마지막으로
버티기 10초만 더!

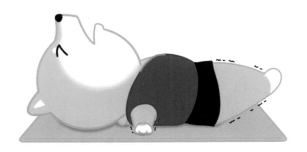

짖고 싶어…!!

와!! 와!!
나한테 왜그러는겨!!

#먹는거랑 #숫자로는 #장난치는거 #아니란말이여

1. 엄살형

일단 소리부터 지르고 본다
애절한 비명 소리와는 대조적으로 선생님은 눈 하나 깜빡하지 않음

그쪽 더 밀어요

아아아아악!!!!

넵

54

2. 아프니까 청춘형

상황을 비교적 잘 받아들이며 고통을 감내한다

주리를 트는 것 같은 고통이지만...

더 성숙해질 나를 위해
참는거야..

선생님 발자국

3. 변태형

고통을 즐긴다

시원~합니다
더 눌러주십쇼

4. 능구렁이형

이미 스트레칭이 끝난 것처럼 연기하며 자리를 빠져 나간다

스트레칭
아직 안 하신 분??

아이고
내 가랑이...

#메소드급_연기

처음에는 적극적으로 발레에 대한 편견을 바로 잡아 주었지만

취미 발레는 얼굴 크고 몸이 커도 할 수 있고
체형 교정 효과에 탁월하며 유연하지 않은 개도 할 수 있어
발레가 언뜻 보면 굉장히 정적인 운동 같지만
수업 끝나면 땀이 한 바가지 흐를 정도로 운동 효과가 엄청나지
그리고
어떤 운동을 해도 살은 안먹어야 빠져

Nope

같은 질문을 너무 많이 받다 보니..

그냥 집에서 스트레칭 해요~

시바야~
너 예전에
무슨 운동 한다고 했지?

#발레는 #운동이_아니라 #예술이니까!

취미 발레인의 입장에서 드리는 소소한 조언들!
물론 의학적인 부분은 전문의에게, 자세한 수업 내용과 효과 등은 학원과 함께 상의하세요!

Q. 발레는 날씬한 사람들만 하는 운동 아닌가요?

A. 전혀 그렇지 않습니다. 체형이나 몸무게에 상관없이 누구나 할 수 있어요. 물론 전공으로 삼는다면 체중 관리가 필요하겠지만, 취미 발레에서는 그런 조건이 중요하지 않은 것 같아요. 만약 무리하지 않을 정도로 체중 관리가 된다면야 몸이 조금 더 가벼워지기 때문에 동작을 할 때 좀 더 가뿐하고, 시각적으로도 아름다워 보이는 효과가 있을 수는 있겠지만요. 하지만 실제로 발레 수업을 들으시는 수강생들은 보면 모두 체형이나 몸무게가 다양하답니다.

Q. 발레를 하면 정말 살이 빠지나요?

A. 식단은 기존대로 하고 발레만 한다면 살은 거의 빠지지 않거나 아주 천천히 빠지는 것 같아요. 다만 군살이 정리되면서 빠진 몸무게보다 더 날씬해 보이는 효과를 얻을 수는 있어요. 개인적인 경험으로는 식단을 줄이고 발레를 주 4회 이상 했을 때 가장 살이 잘 빠졌답니다.

Q. 발레를 하면 어디에 좋은가요?

A. 개인적인 후기이기는 하지만, 수업 시간만큼은 잡생각 없이 나 자신에게 집중할 수 있어 정신 건강에 좋았어요. 또한 몸의 정렬을 바로잡으려 노력하기 때문에 신체 건강에도 도움이 되었습니다. 저의 경우는 목과 어깨의 통증이 많이 줄어들었고 근력도 늘었답니다.

Q. 발레를 하려면 원래 유연해야 하지 않나요? 몸이 뻣뻣해도 할 수 있을까요?

A. 저의 개인적인 생각으로는 특별히 유연하지 않아도 될 것 같아요. 저도 사이드 스트레칭을 한 상태로 배가 땅에 닿기까지 1년 반 정도 걸렸거든요. 사람마다 몸과 유연성이 저마다 모두 다르기 때문에 시간의 차이는 있을 수 있지만, 매일매일 조금씩이라도 스트레칭을 해준다면 언젠가는 유연해지는 날이 오기도 한답니다.

Q. 별로 힘들어 보이지 않는데 운동이 되긴 하나요?

A. 막상 해보면 근력과 유산소의 적절한 콜라보(?)로 인해 엄청난 운동이 됩니다. 생각보다 체력과 근력이 필요한 동작들이 많거든요. 발레 음악은 우아하고 아름답지만, 음악에 맞춰 움직이는 제 입에서는 코끼리 소리가 나와요.

Q. 몸매가 드러나는 발레복이 부담스러워요.

A. 처음에는 그럴 수 있어요. 보통 발레복을 부담스러워하는 이유는 두 가지입니다. 첫째는 발레복을 입은 내 모습이 영 어색해서, 둘째는 남들의 시선이 부담스러워서. 하지만 발레복은 입다 보면 익숙해지고(너무 익숙해져서 계속 새로운 발레복을 찾게 됩니다), 제법 내 몸에 잘 맞으면서도 편하고 예쁜 디자인을 찾게 되면 오히려 예뻐 보이고 자신감이 생길 때도 있어요. 또 다른 사람들은 내 몸에 별로 관심이 없다는 사실도 깨닫게 됩니다. 막상 수업을 듣다 보면 모두 자기 동작 따라 하기 바빠서 남한테 신경 쓸 겨를이 없어요.

Q. 선호하는 레오타드와 스커트 브랜드를 추천해주세요!

A. 저는 몸을 탄탄하게 잡아주는 레오타드를 선호해서 바디래퍼스나 루스플라이 제품을 많이 입습니다. 편하고 부드러운 레오타드를 입고 싶을 때는 웨어무아의 제품도 즐겨 입고요. 스커트는 브랜드에 상관없이 디자인이 예쁘면 구입해서 입는 편입니다.

Q. 가장 좋아하는 발레 동작이 있나요?

A. 바뜨망과 그랑 쮀떼. 뻥뻥 차고 날아다니는 동작만 하면 스트레스가 풀려요!

Q. 발레를 하고 나서 생긴 가장 큰 변화가 있나요?

A. 제 경우에는 평범했던 일상생활에 활력이 생겼다는 점을 가장 큰 변화로 꼽을 수 있을 것 같아요. 아무리 피곤하고 힘들어도 발레 생각을 하거나 발레를 하러 갈 때면 신기하게도 기운이 솟아나는 것 같거든요. 발레를 하면서 스트레스가 풀릴 때도 있고요.

Q. 나이가 많은데 발레 해도 될까요?

A. 물론입니다. 발레 클래스에 들어가 보면 30~60대까지 다양한 연령의 분들이 발레를 즐기고 계세요. 늦었다고 생각할 때가 가장 빠르다는 것, 잊지 마세요! 실제로 외국에서는 80~90대의 나이에도 은퇴 후 활발하게 여러 가지 활동을 하는 전직 발레리나 할머니들도 있답니다.

발레를 꾸준히 하다보면
몸에 작은 변화가 일어나기 시작한다

목선이 살아나고

거북목이 개선되며 어깨 통증도 많이 줄었다

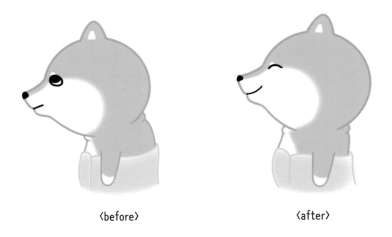

〈before〉 　　　　 〈after〉

불필요한 살들이 정리되면서 바디 라인도 살아났다

허리 라인이
좀 생겼네 ㅋㅋㅋㅋ

물론 나만 느낄 수 있는 작은 변화다…

오~ 좀있음
발레리나 되겠어~?

숨은 키도 찾아냈고

작년보다 2cm 컸네!?

감기 따위에 굴복하지 않는 무쇠 체력도 만들어짐

발레하면 살 많이 빠지냐고 물어보시는데
살은… 그만 먹어야 빠져요

#발레후 #몸의변화 #하나더있어요
#식욕증가

몸을 계속 움직이게 된다

모닝 뽈리에

포인   플렉스

때와 장소를 가리지 않고 발레 포즈를 취한다

이렇게 하는 거였나..?

학원 가는 길, 집 앞에서 사고 발생

으악!!!!

나보다

아포 ㅠㅠ
올라가서 약 바르고 가면 늦는데...

발레가 먼저다

약은
학원 가서 바르지 뭐

#이런_열정_또_없습니다

무슨 일이 있어도

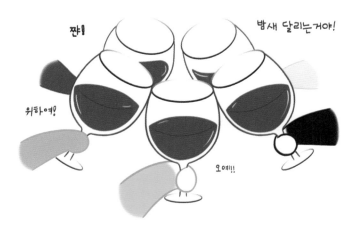

짠!

밤새 달리는거야!

위하여!

오예!!

발레는 꼭 간다

오늘
새로운 순서 나간다고
해써.. 흠냐

#한시간자고 #일어남

샹쥬망(Changement) : 변화, 변경(공중에서 발을 바꾸는 점프)

점프 전에
쁠리에가 더 중요해요

쁠리에 깊~게

엉덩이 빠지면 안되죠!

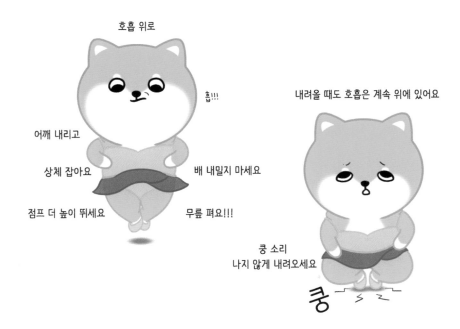

호흡 위로

흡!!!

내려올 때도 호흡은 계속 위에 있어요

어깨 내리고

상체 잡아요

배 내밀지 마세요

점프 더 높이 뛰세요

무릎 펴요!!!

쿵 소리
나지 않게 내려오세요

쿵

더 높이!!

10, 11, 12, 13

정신 차리세요

팔 똑바로

배에 힘줘요!

5번 발 보여줘야죠

샹쥬망할...

내 무릎ㅠㅠ

#꼭 #힘다빠졌을때 #샹쥬망 #시키시더라..

수업 시간에 같은 지적을 계속 받는 경우가 많다

고개 더 들어요

눈만 치켜 뜨는거
아니에요

허리 세우고

팔 틀렸어요

턴아웃

무릎 펴요

나는 분명 선생님 말씀대로
자세를 바로 잡고 있(다고 생각하)는데
자꾸만 그게 아니라고 하심

여기도
아니

저기도
아니

허리 세웠는데..
허리 안세웠어요

아니죠

아니에요

무릎 폈는데 ㅠㅠ
무릎 펴야죠!

〈내가 생각하는 현재 나의 모습〉

그 때 취해진 특단의 조치

사진 찍어드릴테니까
한 번 보세요~

내 모습을 확인해본다

사진 찍는다고 해서
평소보다 신경써서 했는데 ㅋㅋ

얼마나 잘했는지
한 번 볼까??

아라베스끄 완성 사진.jpg

악!!!!! 내 눈!!!!

#선생님은_맞고
#나는_틀리다

몸이 축축 처지는 비 오는 어느 날

학원 가기 귀찮네 ㅠㅠ
비도 오고..

근력 운동 하기도 싫고..

지각을 결심했고

그래 딱 10분만 늦게 가자 ㅋㅋ
근력 운동은 피할 수 있을거야

근력 운동 끝나가겠지? ㅋㅋ
늦었으니까 조용히 들어가 ...

휑 ~

아직 아무도
안 오셨어요^^

개인 레슨 당첨

오늘은 플랭크 시간을
10초 더 늘려 볼까요?

엉덩이 내려요

버티세요

개인 레슨이니까
다른 근력 운동도
더 해보자고요 오홍홍

계속 지켜보고 있어요

#눈치게임 #실패
#다들 #같은생각이었어?

진행 방향이 오른쪽일 땐

씨쏜느

빠쎄

글리싸드

쥬떼

오~
시바리나 잘했어요!

개우쫄

나 오늘 좀 짱인듯 ㅋㅋㅋ

왼쪽만 하면

어..어느 발부터
나가는거였지?

팔 틀렸어요

땅 보지 마세요

아까처럼
자신감 있게 뛰세요!

힝 ㅠㅠ

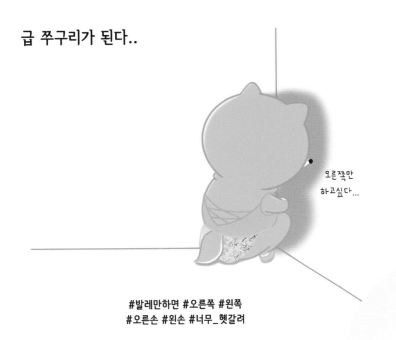

급 쭈구리가 된다..

오른쪽만
하고싶다...

#발레만하면 #오른쪽 #왼쪽
#오른손 #왼손 #너무_헷갈려

평소에는 잘 안되던 동작이 유난히 잘되는 날이 있다

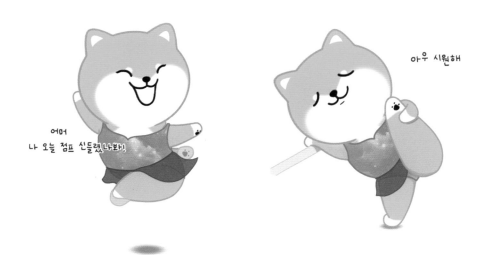

깨고 싶지 않은 그런 날...

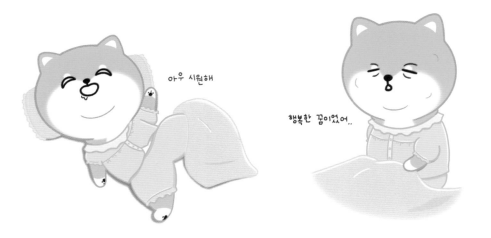

#꿈에서라도 #하고싶은거 #다_해

회사에서의 미소

발레할 때의 미소

3초 발란스에 성공한 날

하나아~
두우우울~
세에에엣~

풀업 했고

등 잡았고

골반 세우고

배, 똥꼬 힘!

내적 기쁨을 미소로 표현했지만
사실…

시바
많이 늘었네요!
잘했어요

칭찬도 받았쪄!!

세레모니라도 하고 싶은 심정이다!

호우!!

호우!!!!

#이맛에 #발레하지

발레 수업을 주 4회로 늘렸다

월, 수는 레벨1,
화목은 레벨2로 들을게여

발레 너무 재밌어

레벨2
잘 따라갈 수 있을까?

Level ❷

나도 이제 발레리나?

어려워진 레벨2 수업에 당황한 시바

쉬운 순서라도 몸방향을 바꾸니 헷갈리고

몸이 음악을 따라가지 못하거나

(쓸데없이) 몸이 음악을 앞서나가기 일쑤였다

잘 할 수 있을까..?

너무 어려워 ㅠㅠ

그냥 레벨 1
계속 들을걸 그랬나..

다른 사람들은
잘만 따라하던데..

#레벨2 #수업_들으려고 #레오타드도_샀는데..

거울만 보고 발레하던 시바

선생님의 세련된 시선 처리와
아름다운 손 모양을 보게 되고

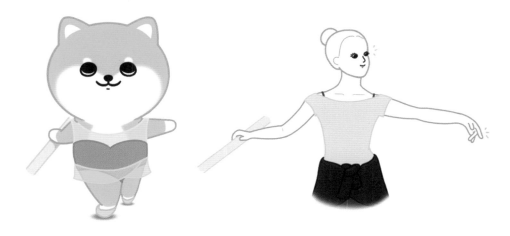

따라 해본다

다른 각도에서 본 모습

고개를 안쪽으로 살짝 돌려
시선은 가운데 손가락을 보고

엄지와 중지는 닿을듯 말듯
손가락 사이 사이로
공기가 통하는 느낌이라 이거지?

섬

뜩

시선 처리를 위해 고개를 돌리면 순서를 까먹고

롱 드 장브 할 땐 온 몸이 산만해지고

거울을 안보면 컨닝을 못하는데...

점점 자기 주장 펼치는 손가락

시선이 안쪽이었다가

바로 바깥쪽?

순서 외우기와 시선 처리를 모두 성공했을 땐 레고 손이 되어있다

#일단 #하나라도 #잘해보자

아라베스끄 한 상태에서
뒷다리 무릎을 살짝 구부려 볼까요?

턴아웃한 상태에서 구부려야죠!
무릎을 바깥쪽으로~

호흡 위에 있어요

턴아웃...

바에 기대지 마세요

골반 빠지지 않게
신경쓰세요

다리 많이 든다고
잘하는 거 아니에요

다리는 조금 올라가도
턴아웃 제대로 하는 게 중요해요

바 잡은 쪽 어깨랑
바깥 다리가 서로 자석처럼
만난다고 생각해보세요

선생님...
저는 어깨랑 다리가 자꾸 멀어져요
서로 철벽쳐 ㅠㅠ

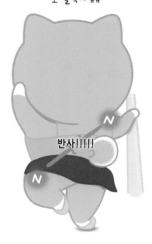

#잘해야 #예쁜라인 #에티튜드

빵셰(Penché) : 기울어진, 경사진

아라베스크 상태에서
호흡 한번 끌어올렸다가
뒷다리 들면서 내려가세요

상체만 숙이는 거 아니에요

흐읍!

등에 힘주고
다리 더 들어보세요

다리를 많이 들어올려서
어쩔 수 없이
상체가 내려가는 거예요

91

휘청

휘청

땅 짚지 마세요!!!

(포기) 자 이제 그대로 올라오세요~

끄응

아 피 쏠려...

#눈알 #빠지는줄

발레는 아무 생각이 없을 때 가장 즐겁다

아무 생각 없이 발레를 즐기기만 했던 지난 날들.jpg

시간이 지나면서 생각만큼 내 실력이
빨리 늘지 않는다는 사실을 발견했을 때,

나만 계속 제자리인 것 같아...

어떻게 해야 발레를 제대로 하는 건지 머리로는 알지만
몸은 내 욕심만큼 따라와 주지 않을 때,

이상   현실

다른 사람들과 자신을 비교하기 시작하는 순간부터

발레는 괴로워진다

거울 속 내 모습도 싫고
발레도 하기 싫어졌어 ㅠㅠ

그리고 그렇게 발태기(발레 권태기)가 찾아온다..

1. 장비를 구입한다

새 발레복을 입기 위해 발레 학원에 가고 싶어진다

하늘 아래 같은 색 레오타드가 없는 것처럼
모두가 같은 실력일 순 없지!

내 실력은 잔잔한 호수같으니까
호수같이 파란 레오타드~

롱스커트로 퍼지지 않는
내 무릎을 가려 보겠어 ㅋㅋ

새 슈즈 신으니 턴을 한 바퀴 더
돌 수 있을 것 같아 ㅋㅋ

2. 다른 사람이 아닌 '과거의 나'와 비교해본다

아주 미세할지라도 분명히 성장해있는 자신을 발견할 수 있다

1년 전

현재

허리도 좀 펴지고
다리도 더 올라갔네!

3. 수업시간마다 작은 목표를 세워본다

매일 하는 동작도 새롭게 느껴진다

오늘 뽈리에 하나만큼은
진짜 열심히 해봐야지

벌써 땀이 나네

4. 이도 저도 안되면 장비 탓을 해본다

우씨
이 슈즈는
턴이 잘 안돌아지네!

레오타드가
신축성이 안 좋아서
다리가 안 올라가잖아?

#잘되면_내탓 #안되면_장비탓

비싼 레오타드를 발견했을 땐

더 비싼 레오타드를 구경한다

그리고 다시 처음 봤던 레오타드를 본다

결제 완료

합리적인 쇼핑이었어 ㅋㅋ

#상대적쇼핑
#다른아이템에도 #적용가능

새로운 목표가 생겼다

나도 멋지게
더블턴 돌거야!

비   장

일단 뽈리에를
깊게 눌러서...

수많은 시행착오를 겪고 나면

으악

휘청

더블턴이라는 압박감 때문에 힘을 더블로 준 경우

상체와
하체의
트위스트 춤

무릎은 안쪽으로 말림

어깨와 골반이 따로 노는 경우

한 번쯤은

정신 차리자

스팟!!

어깨

골반
나란히

등 잡고

똥꼬 조이고

서 있는 다리 힘!

스팟 유지!

휙휙

샤샤샥

얻어 걸리는(?) 날이 있는데

더블 돌고
완벽한 착지!

!!!!!

본인도 놀람

꼭 이런 날은 목격자가 없다...

누구 나 더블 도는거
본 사람 없어요??ㅠ

증거 자료를 위해 카메라를 켜두면
더블은 커녕 한 바퀴도 제대로 돌지 못함

영상으로 찍어놓고
자랑해야지~

CCTV
확인해볼까?ㅠㅠ

녹화는 된 건가..?

언젠가는 다시 성공하는 날이 오겠지?

#더블신 #접선한번 #해봤으면...

1인용 바를 산 시바

집에서도 열심히 연습해야지~ㅋㅋㅋ

와~ 이제 집에서도
발레할 수 있다!!

일주일 뒤

빨래들도
스트레칭이 필요해

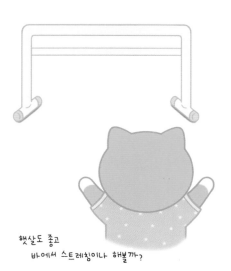

탁

탁

햇살도 좋고
바에서 스트레칭이나 해볼까?

빨래 바가 되었고

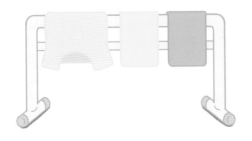

나중에
이불 빨래 널어놓으면
잘 마르겠네 ㅋㅋㅋ

발바닥 지압기가 되었다

시원하면 됐지 뭐 ㅋㅋ

문질 《 》 문질

#발레는 #학원에서

평소보다 발레를
더 열심히 하게 되는 날이 있다

발레 메이트들과 힘을 합쳐

비

장

사진 찍는 날

고도의 집중력이 발휘된다

발레 메이트의 인생샷이
내 손 안에 달려있다

허리 펴고

발을 왼쪽으로
조금만 더~

팔 조금 만 더 길~게

포인 더 해주세요

#개톡 #프로필사진 #바꾸는날

화려한 레오타드 입은 날

발레 메이트들의 관심이 집중된다

어머 시바야∼
레오타드 잘어울리네!

예쁘다∼
어디서 샀어?

그쵸?
제가 개쿨톤이라
이런 색이 잘 받나봐요 ㅋㅋㅋ

직구 했어요ㅋㅋ

선생님의 관심도 같이 집중됨

혁

신상 레오타드 입은
시바 앞으로 나오세요~

순서 몰라여 ㅠㅠ

예쁜 레오타드 입은
시바가 1번으로 나와볼까요~?

#두번은 #못입을 #레오타드

발레 가기 전에 너무 많이 먹으면

크와앙

109

수업할 때 먹은 게 올라오는 느낌이다

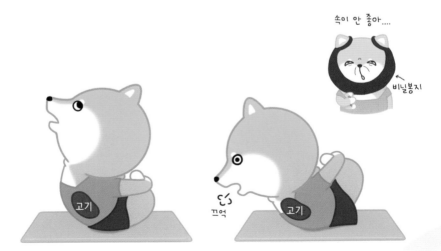

그렇다고 빈 속으로 가면
배고파서 수업에
집중을 할 수가 없음

그래서 수업 전에는
간단하게 요기만 하는데

아... 힘 없어..

끝나고 뭐 먹지..?

꼬르륵

살짝
배만 채운다는 느낌으로다가

바나나

고구마

확실히 몸이 가벼움!
(비록 나만 아는 가벼움이지만..)

문제가 있다면
수업 끝나고 너무 허기져...

오홋!!!

식욕

폭발

#밥그릇까지 #씹어먹을기세

1. 반신욕

으아~ 시원해

아 좋다..

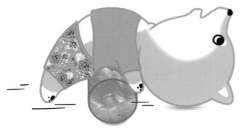

2. 셀프 마사지

3. 거품나는 보리차 마시기

크으~
짜릿해!!!!

#이맛을_위해 #수업끝나고 #물도_안마셨지

즐겨듣는 음악이 바뀐다

```
┌──── Play list ────┐
  1. 지젤_2막.mp3
  2. 돈키호테.mp3
  3. 라바야데르.mp3
  4. 백조의 호수.mp3
  5. 에스메랄다.mp3
└───────────────────┘
```

자기 전 발레 영상을 찾아본다

와 멋있다

유튜브
개미지옥....

※부작용 : 과다한 영상 시청으로 인한 수면 부족

발레 공연은 지루할 거란 편견 때문에 관심도 없었는데

이젠 티켓 오픈과 동시에 예매를 하고

공연을 꼭 챙겨보게 되었다

발레에 관심을 보이는 친구에게 적극적으로 영업도 함

그렇게 시바에게 영업 당한 스키를 소개합니다!

#시바 #그리고 #허스키
#발레하는 #시바스키

선생님이 우리에게 끊임없이 요구하시는 게 있는데

그건 바로

여러분~ 잠깐만요!!

극한 상황에서 미소 짓기

아하하하

저희가
그랬나요 ㅋㅋㅋ

왜 얼굴로 발레 해요?
전쟁터 나가요?

좀 웃으세요!!

다시 갈게요!

힘들 때 웃는 자가 일류라고 했던가!

그렇죠~
잘하고 있어요!

저희는 삼류 인생입니다....

#울고싶은데 #어떻게 #웃어요

위험 상황을 감지했을 땐

재빨리 개구리 자세를 취한다

#골반이 #순식간에 #열린다

호되게 혼내주고 싶은 사람이 있지만
차마 말할 수 없는 상황일 땐

참자...
Inner peace..

내 자리도
좀 부탁해~

청소는
막내인 시바가 하자!

데블로뻬를 해본다

너 눈을 왜
그렇게 떠?

#눈으로 #욕할수있다

도저히 참을 수 없는 상황이라면

바뜨망을 찬다

#어느때보다 #더높이 #찰수있다

가끔 집에서 발레 동작을 해보는데
생각보다 너무 잘된다

하지만 학원에 가면
매트에서 1차로 힘 빠지고

학원 가서
자랑해야지!

오~ 다리가
이만큼이나 올라갔어!!

으어어어

바에서 2차로 힘 빠져서

센터에서는 실력 발휘(?)를
할 수 없게 된다...

덜
덜
덜

집에서는
잘 됐는데 ㅠㅠ

덜
덜
덜

휘
청

#집에서는 #더블턴도 #가능

수업 시간에 잡담하지 않아요

내가 맛있는 개밥집 알아놨는데
끝나고 거기 갈래???

(선생님 설명 중)
뿔리에는 깊게~
모든 동작이 이어져요

코...

122

바는 같이 옮기도록 해요

우씨

슈즈 끈이...

바에는 지정석이 없습니다

바뜨망 찰 때는
서로 신경써서 간격을 넓히도록 해요

수업 중간에 나가지 않기

(급한 사정으로 인해 나갔다면 한 컴비네이션이 끝나고 들어와야 합니다)

센터 자리는 지그재그로 서주세요
모두가 거울 속 자신의 모습을 확인할 수 있게!

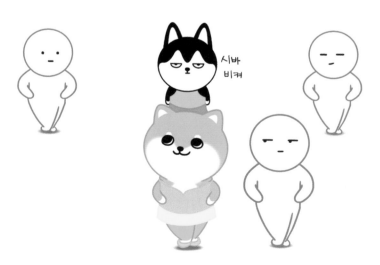

다른 사람 순서에는 끼어들지 맙시다

바닥이 미끄러울 땐 홀 가운데가 아닌 구석에
물을 소량만 뿌리고 사용하세요 (수업 끝나면 닦아놓기!)

수업 시간에 사진이나 영상 촬영은 삼가주세요

#작은배려로 #모두가 #즐거운 #발레수업을 #만들어보아요

페르메는 방향에 따라 다양한 느낌을 살릴 수 있다

점프했다가
착지하면서
5번 발로 닫으세요

오키!

앞으로 가는 페르메는 배치기 느낌

배치기
하지 마세요

앞발 더 위로
들어올려요! ←

어깨 내리고

뒷발은
더 뒤로 차요!

발 끝 포인!

엉거

주춤

5번 발로 닫아야죠

옆으로 가는 페르메는 골키퍼 느낌

무릎 펴요

포인 하세요

다리 더 옆으로!

뒤로 가는 페르메는 장풍 맞은 느낌..

#이런느낌 #그만 #살리고싶어요

무대에 설 기회가 생겼다

연말에 학원 발표회 하는데
성인 발레 하시는 분들도
같이 준비해봐요^^

우왓! 정말요??
재밌겠다!!!

3개월 동안 열심히 준비한 뒤
드디어 무대에 서는 날

발레리나처럼
예쁘게 분장도 하고

샤랄라한
의상도 입겠지??

기대된다 ㅋㅋㅋ

예쁜 분장과

화장 한다고
다 예뻐지는 게
아니구나..

샤랄라한 의상

여름엔 물조심
겨울엔 불조심해

청담 개 보살
왕꽃 선녀님

신점·관상·사주
타로·궁합·내림굿

선생님이 발레는 잘 못해도 웃어야 예뻐 보인다고 했다

여유롭게 무대를 즐기라고도 하셨다

여러 가지로 아쉬움이 남는 무대였지만

4분이
왜 이렇게
빨리 지나가요?ㅠㅠ

심장은
막 터질 것 같고

뭐 했는지
모르겠어여...

다리는 왜이렇게
후들거리는지..

무대에서
실수한 것 같은데 ㅠㅠ

잊지 못할 추억이 되었다

공연 또 하고싶어!!

#무대죽순이 #될것같아

학창 시절엔
수업 끝나기만을 기다리고

성인이 되서는
퇴근 시간만 기다리게 되는데

칼퇴할거야

점심시간 30초 전
달릴 준비 완료

컴퓨터는 이미
전원 off

발레 수업은 빨리 시작해서

늦게 끝났으면 좋겠다

선생님
수업 시작할 시간입니다

무브 무브!!!!

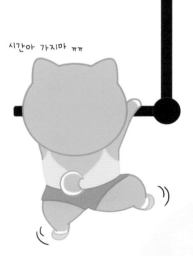

시간아 가지마 ㅠㅠ

#1분이 #아쉬운 #발레수업

공연 시작 전에 미리 도착해서 여유를 즐겨요

음~ 여유

힝 ㅠㅠ

늦게 도착하면 인터미션 때 들어가야 한다

134

공연 전 미리 줄거리나 인물 관계도를 숙지하면
내용을 이해하는 데 훨씬 도움이 됩니다

오호!

프로그램북

공연 중 잡담하지 말아요

공연 관람을 방해하는 소음을 내거나
음식물 섭취는 금지!

사진 촬영도 절대 금지!

(커튼콜 땐 촬영이 가능하나 간혹 커튼콜 촬영도 금지인 공연이 있으니 안내사항을 참고하세요)

내가 좋아하는 발레리나다!!
사진 찍어야지 ♡

무용수들의 현란한 테크닉이 모두 끝났을 때
아낌없는 박수와 환호성을 보냅니다

(테크닉 중간에 너무 큰 박수를 보내면 무용수들이 음악을 듣지 못하니 주의해주세요)

짝짝짝짝짝짝짝짝

브라보!

어린 자녀를 데려온 부모님께서는
아이가 다른 분들의 관람을 방해하지 않도록 각별히 주의해주세요

발레 마임을 알면 대사가 없는 발레 공연을 이해하는데 도움이 돼요

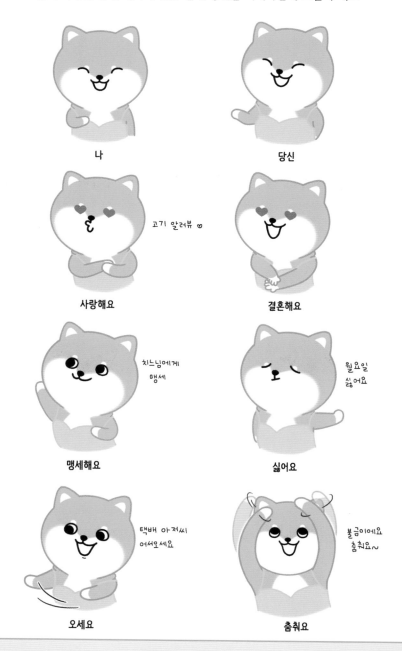

나

당신

고기 알러뷰 ♡

사랑해요

결혼해요

치느님에게
맹세

맹세해요

월요일
싫어요

싫어요

택배 아저씨
어서오세요

오세요

불금이에요
춤춰요~

춤춰요

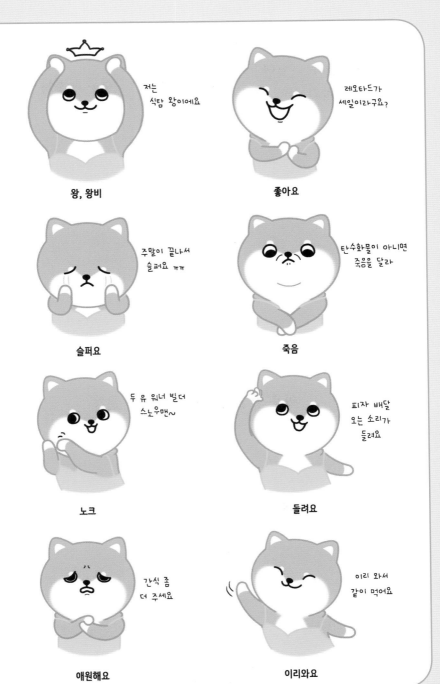

저는
식탐 왕이에요

왕, 왕비

레오타드가
세일이라구요?

좋아요

주말이 끝나서
슬퍼요 ㅠㅠ

슬퍼요

탄수화물이 아니면
죽음을 달라

죽음

두 유 원너 빌더
스노우맨~

노크

피자 배달
오는 소리가
들려요

들려요

간식 좀
더 주세요

애원해요

이리 와서
같이 먹어요

이리와요

139

발레를 하다보면 가끔
개르시즘(자기애)에 빠지곤 한다

너무 빠져서

아무 말도 들리지 않는 것이 문제..

#오늘따라 #지적을 #많이받는건
#내가 #귀여운탓인가

발레 선생님들은 초능력을 가지고 있다

살찐 걸 귀신같이 알아보는 초능력

선생님 갔으니까
다리 좀 내려야지 ㅋㅋㅋ

뒤통수로도 볼 수 있는 초능력..

시바
다리 내리지 말아요

혁

#요령따위 #통하지않음

회사에서의 잔소리

아아아아아아아아아아아
안들린다아아아아아아

시바씨
이건 이렇게
저건 저렇게 하고

저거 끝나면
설거지도 좀 하고

설거지 끝나면
야근도 좀 해~

집에서의 잔소리는 듣기 싫은데

아아아아아아아아아아아
안들린다아아아아아아

아니 이게 돼지 우리지
개가 사는 방이니??

방좀 치워!!!

걸레질 좀 하고

누워있지만 말고!!

발레 선생님의 잔소리는 왜 귀담아 듣게 되는걸까

드미 거쳐서 나가야죠

어깨 내리고

상체 잡아요

똥꼬 힘줘요

맨날 하는 얘기
계속 해서 지겨우시죠?

심지어 필기까지 함…

#달콤한 #잔소리

몸 컨디션이 별로인 날

아이고 어깨야

아이고
허리야

오늘은 발레를 대충하고
가리라 맘 먹는다

스트레칭이나
슬슬 하다 가야지...

하지만 수업을 하다 보면
대충할 수 없고

컨디션은 좋아져 있다

호랑이 기운이 솟아나!!

#발레가 #만병통치약

이쯤 되면 발레를 하기 위해
돈을 버는 게 아닌가 싶다

남은 게 없네...
실력이라도 남았음 좋을텐데..

+ 월급
- 발레 학원비
- 발레복
- 발레 공연
- 택시비(발레 수업에 늦어서)
- 식비(발레 끝나고 더 먹어서)

0₩

Level **3**

발태기 극복!

레벨이 높아질수록 초심으로 돌아가게 된다

몸개그가 초심을 잃지 않음…

발레는 정말 산 넘어 산이로구나..

여기만 다 올라가면
잘할 수 있겠지?

영차! 영차!

하.. 아직도 멀었네..

#정상에 #오를_수는_있는_걸까

발레에서 고난도 동작보다 더 어려운 것은

그랑 알레그로 순서 사이 사이에 나오는 자잘한 스텝들

예를 들면 빠 꾸뤼(Pas Couru)라던가 빠 꾸뤼나 빠 꾸뤼 같은 거...

?

간단한
스텝이에요~

공중에서
발을 교차시키세요!

150

이 '간단한 스텝'에 집중하다가 그 다음 박자를 놓쳐

또 다른 예 : 빠 드 부레(Pas de Bourrée)

왼발이 뒤로 갔으니까...

쁠리에~

왼발 내려놓고
오른발 꾸-드-삐에죠!

순서를 끝까지 해내기가 쉽지 않다

'커다란 동작을 하기 위한 도움닫기 혹은 간단한 스텝'일 뿐인데
왜 발레 홀에서는 두 발로 걷는 것조차 어색해지는걸까?

#다음동작 #로딩중

분명 뒤에서 순서 마킹할 땐 잘했는데

152

내 차례만 되면

파 워

당 당

갑자기 머리 속이 하얘짐

응?

우쒸..
분명 순서 다 외웠는데ㅠㅠ

다시 가세요!!

#개억울

브리제는 참 쉬운 동작이다

허벅지 대신 상체가 교차되기 쉽고

공중에서
허벅지를 교차시키세요!

상체 트위스트
아니에요!

허우적

발끼리 부딪혀 다치기도 쉽다

브리제의 뜻이
'발등이 깨진'이라는 건가...

악!

브리제할 때 상체를 앞으로 숙이는 이유는
발등이 깨지는지 잘 살펴보라는 뜻인가?

내 발등 멀쩡하니??

뒤로 가는 브리제는 더 쉽다

선생님한테 혼나기 짱 쉬움…

아니죠!!

엉덩이
빼지 마세요!!!!

랑베르쎄(Renversé)

우아하고 아름다운 동작의 끝판왕 '랑베르쎄'

뿔리에 누르시고~

157

다리는 롱 드 장브를 거쳐 에티튜드로 부드럽게 넘어가되
시선은 정면을 유지하며 우아함을 뽐내는 것이 포인트!

나의 발란스가 이 정도이다

롱 드 장브 보여주고

시선은
끝까지 정면 유지

에티튜드

하지만 현실은...

롱 드 장브부터 무너져서

에티튜드는 시도조차 할 수 없음

여름

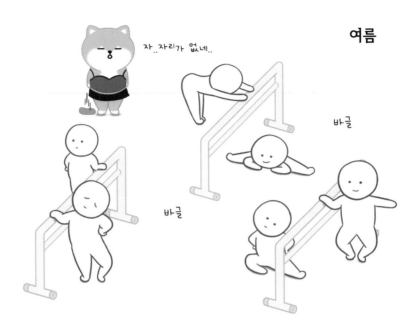

159

겨울

난이도 최상인
이탈리안 푸에떼를 배워 보았다

몸방향을 바꿀 때부터
휘청거리더니

몸방향
에꺄르떼 드방에서

데블로뻬!

흡!

중심 잡고!

1번 거쳐서

어깨와 골반이 따로 놀고

어깨와 골반이 같이 놀면
중심을 잃는다

어깨만 돌리지 말고

골반도 돌아와야죠

허우적

허우적

제대로 중심을 잡고 성공했다고 생각하는 순간에는!

어???

앞을 안 보고 있음···

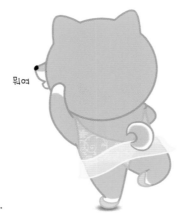

뭐여

반바퀴
도셨어요..

화장을 한 채로 수업을 들으면
자신감은 생기지만

수업 끝나면 뾰루지가 올라오고

땀이 흐른 자리에
뾰루지 생김

아니
이게 뭐야!??

162

쨍얼로 가는 날은 세상 제일 못생겨 보인다

레오타드는 화려
내 얼굴은 구려..

#무대의상입고 #화장안한느낌

발레 수업을 오래 듣다보면 여러 선생님들을 만나게 되는데
선생님마다 좋아하시는 동작이 하나씩 있다

오전반 선생님

오후반 선생님

새로 오신 선생님

다른 학원 선생님

어쩌다 마주친 선생님

특강 오신 선생님

163

1. 버티기를 좋아하는 선생님

센터 순서 사이사이에
아라베스끄, 데블로뻬, 에티튜드를 끊임 없이 집어넣으심

버티세요
더더더더더!

2. 점프를 좋아하는 선생님

수업이 다 끝나갈 때 쯤(=힘이 다 빠졌을 때)
샹쥬망 / 로얄 / 앙트르샤 폭탄 투척

죽을 맛...

점프로
마무리하고 끝냅시다!

3. 큼직큼직한 동작을 좋아하는 선생님

순서에 그랑 쥬떼, 쥬떼 앙 뚜르낭, 페르메가 자주 등장

하지만 모든 선생님들의 공통점은
그 가녀린 몸에서 초인적인 힘과

나의 가벼운 터치 하나만으로
너에게 목이 생기고
공중 부양이 가능할지어다

살아나는 목선

중력의 영향권에서 벗어난 풀업

나의 잠재력을 이끌어내는 엄청난 목소리가 나온다는 것!

뛰엇!!!!!

옴마야

#안되던_점프를_되게_하는_마법

발레 얼마나 하셨어요??

음.. 3년 정도 했어요

와~ 그럼 잘하시겠네요!
다리도 막 쫙쫙 찢어지시겠다~

어.....음.....
잘하는 건 아닌데.....

발레 새내기 시절에는 어느 정도 연차가 쌓이면
발레를 잘할 수 있을 거라고 생각했다

한 3년 뒤엔
지금보다 훨씬 잘하겠지??

쿵 쿵

하지만 발레 실력에 있어 연차는 별 의미가 없다는 걸 깨닫는다
1년을 하더라도 얼마나 꾸준히, 열심히 했느냐가 중요할 뿐…

집에서 꾸준히
스트레칭 좀 할 걸 ㅠㅠ

#3년째 #제자리 #프론트스트레칭

1. 기본템으로 시작

2. 점점 화려해지는 장비

누구보다 빠르게
남들과는 다르게!

3. 다양한 이유들을 갖다 붙이며 장비를 수집함

날이 좋아서

신상이니까

소재가
남다르다고 해서

세일해서

남방해보여서

다리가
길어보여서

워라도
사야할 것 같아서

추워서

기분이
울적해서

발태기가 와서

소비는 늘
짜릿하니까

직구함

기분전환 하려고

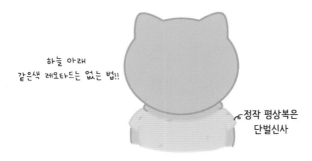

하늘 아래
같은색 레오타드는 없는 법!!

정작 평상복은
단벌신사

튜닝의 끝은 순정이라고 했던가!?

4. 다시 기본템으로 돌아옴

장비만 화려하면 뭐해?
실력이 화려해야지

무한 반복...

삐에-아-떼르(Pied-à-Terre)

턴 돌기 전에 늘 비장해짐

할 수 있다
할 수 있다

휙

한 바퀴 성공!

착!

늘 그렇듯 두 바퀴부터는..

어깨랑 골반
같이 돌아요

허벅지 열고!

5번으로 l해야죠!

축 세 세요!

안 들림

축 세우세요!

5번으로 착지해야죠!

흐잉

턴은 역시 마이웨이...

발레를 배우다보면
'연습하면 될 것 같은' 동작이 있고
'연습해도 어려울 것 같은' 동작이 있으며

한쪽 다리를 차고

'포기하면 편한' 동작이 있다

상체 세우고

뛰어오르면서
두 다리가 만났다 떨어져요!

"꺄브리올(Cabriole)"

: 공중에서 뭘 보여주기도 전에 착지하는 동작

쿵

넘어져서 코가 깨질 것 같아 깔끔하게 포기한다…

어우
이건 못하겠다

뒤로 꺄브리올!

두 번째 발태기가 찾아왔다

왜 난 이모양일까..

쉽게 헤어나올 수 없는 수렁에 빠진 기분이 드는데

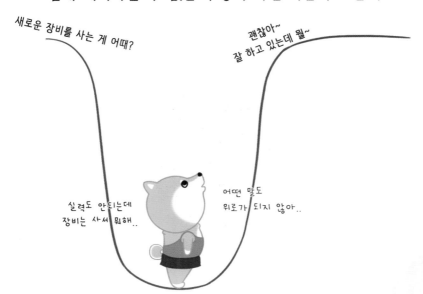

새로운 장비를 사는 게 어때?

괜찮아~
잘 하고 있는데 뭘~

실력도 안되는데
장비는 사서 뭐해..

어떤 말도
위로가 되지 않아..

이럴 땐 마음을 비우고 발레를 계속 하거나

이것 또한 지나가리라

잘할 거라는
기대는 하지 말자

나는 발레하는 로봇이다..

잠깐 쉬어가는 것도 좋다

쉬다보면 다시 발레가 하고 싶어지는 날이 오고

몸이 좀 찌뿌둥 한데?

발레 영상 보니까
다시 하고 싶어지네..

그래 간다 가!
애증의 발레..

잠시 쉬고 나면
오랜만에 느끼는 짜릿한 근육통에
다시는 발레를 쉬지 않으리라 다짐하게 된다⋯

아니 고작
일주일 쉬었는데..

후달달달

후달달

영혼 이탈

#일주일만에 #근력실종

예고 없이 찾아오는 부상
파스와 민간요법(?)으로 버티고 버티다

병원 가면
발레 하지 말라고 할게 뻔한데...

병원을 찾아갔는데

발바닥이랑
무릎이 너무 아파요...

어디 봅시다

족저근막염 진단을 받았다

아치가 높아서
족저근막염에 쉽게 걸릴 수밖에
없는 발이네요

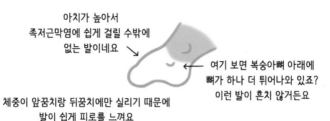

여기 보면 복숭아뼈 아래에
뼈가 하나 더 튀어나와 있죠?
이런 발이 흔치 않거든요

체중이 앞꿈치랑 뒤꿈치에만 실리기 때문에
발이 쉽게 피로를 느껴요

발 모양으로 인해 오다리가 되고…

골반이 틀어지고…

척추 측만증이 생기고…

블라 블라

그런데 이렇게 오래 아픈 적은 처음이에요
전에는 하루 이틀 쉬면 괜찮았었는데…

예전에는 발이 스스로 회복하는 속도가 빨랐지만
나이가 들면서 회복 능력이 떨어지는 거예요.
앞으로 더 심해질 거고요.

아 시바..

나이가 들어서 나이가 들어서 나이가 들어서 나이가 들어서 ...서
나이가 들어서 나이가 들어서 나이가 들어서 나이가 들어 ...어서
나이가 들어서 나이 ...가 들어서 니 ...서
나이가 들어서 나이 ...들어서 나이가 들어서 나이가 들어서
나이가 들어서 나이 ...들어서 나이가 들어서 나이가 들어서
나이가 들어서 나이 ...들어서 나이가 들어서 나이가 들어서
나이가 들어서 나이가 ...들어서 나이가 들어서 나이가 들어서
나이가 들어서 나이가 ...나이가 들어서 나이가 들어서 나이가 들어서
나이가 들어서 나이가 ...이가 들어서 나이가 들어서 나이가 들어서
나이가 들어서 나이가 ...나이가 들어서 나이가 들어서 나이가 들어서

그럼 이제 어떻게 할까요?
당분간 발레를 좀 쉴까요? (체념)

질문 하나 하죠.
흡연자들이 왜 담배를 못 끊을까요?
몸에 안 좋은지 몰라서 못 끊겠습니까?

담배를 끊는 고통이 몸이 아픈 고통보다
더 심하기 때문에 끊지 못하는 겁니다.

보아하니 발레를 쉽게 그만두실 거 같지 않은데
발 관리 잘하면서 하세요.

명의가 나타났다...
환자의 마음을 너무 잘 알아주신다...

이 분 최소
프로 취미러

증상 악화를 막으려면

바닥이 평평한 슬리퍼나 샌들을 신지 마시고
구두도 피하시고 운동화 신고 다니세요

족욕이랑 스트레칭 자주 해주시고

체중이 늘면 안됩니다 (발이 더 쉽게 피로해져요)

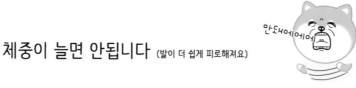

안돼에에에에

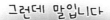

그런데 말입니다

부상이 알고 싶다

부상의 원인이
꼭 내 발 모양 때문만은 아닐 거라는 생각이 들었다

발레를 제대로 하고있는 게 맞는지
되짚어볼 필요가 있어..

레벨이 높아질수록 웜업을
소홀히 하고 바워크부터 시작하다보니
몸에 무리가 갔고

Lev.1 매트 + 바 + 센터
Lev.2 매트 + 바 + 센터
       생략
Lev.3 매트 + 바 + 센터
       생략

삐걱 삐그덕

예전에는 바 순서 끝나면 몸이 개운했는데
지금은 계속 뻐근한 느낌이야ㅠㅠ

삐그덕

삐그덕

순서 따라가기에 급급해
동작을 제대로 이해하거나
몸을 바르게 쓰는 방법에 대해
고민하지 않았다

다급

다급

몸은 계속 신호를 보내고 있었는데
'이러다 말겠지'라는 생각으로
애써 무시해왔던 것!

다음 순서 뭐였지?

아파!

아프다고!

그리하여 시작된 나의 재활 + 기본기 쌓기 프로젝트

(a.k.a 외양간 고치기)

충격파
싫어 ㅠㅠ

병원에서 치료 받는 것 외에도

집에서 골프공으로 발바닥 마사지

스트레칭도 해주고

내 발바닥
쿠션길만 걸어

난
패션 테러리스트 길을
걸을게

신발은 무조건 운동화

수업 전 웜업은 충분히!
(시켜도 안 하던 근력 운동을 스스로 하게 되는 놀라운 변화)

혹시 모를 부상에 대비해
발목에 스포츠 테이핑 해주기

그래도 발 아파서 발레 못하는 것보단
근육통이 낫겠지? ㅠㅠ

끄응

'잘하는 것처럼 보이는' 발레가 아니라
'제대로 하는 발레'를 하려고 노력하니
수업에 임하는 마음가짐도 달라졌고

이정도 발레 했으면
다리는 이만~큼 들어줘야지

다리 높이보다
골반 정렬이 더 중요해

어깨
비뚤어졌어요

골반 나란히!

복근에 힘주고~

〈예전〉

〈지금〉

몇 달이 지나자 통증은 거의 사라졌다

캬~ 이제 살만 하네 ㅋㅋ

결국 발레는 나의 몸을 제대로 이해하고 기본기를 탄탄하게
쌓는 것이 가장 중요하다는 사실! 잊지 마세요!

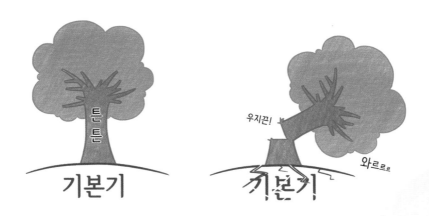

튼튼

기본기

우지끈!

와르르

기본기

발레는
'고난도의 테크닉을 얼마나 잘 소화하느냐'도 중요하지만

쭈~욱

안정적인 푸에떼!

188

1. 자신감 있는 태도와

순서 모르는데...

순서는 모르지만
어떻게든 해보겠다

파   워

당   당

X   **O**

2. 디테일함
(사소한 동작이라도 '발레스럽게' 표현하기)

음악 맞추려면
빨리 가야돼!!

와다다다다다다

X

걸을 때도 예쁘게~

사뿐　　　사뿐

포인

O

3. 즐거운 마음

영혼 없을 무

여긴 어디　　　나는 누구

X

아우 씬나!!!!

O

4. (시작은 미약할지라도 끝은) 창대한 마무리가 훨씬 더 중요하다는 걸 느낀다

지금까지 본 건
잊어주세요!

퇴장까지 예쁘게~

총총총 =333

#발레는 #한끗차이

1. 푸에떼 한 바퀴를 돌지 못함

반 바퀴에서 휘청 한 바퀴는 건너뛰고 기본 두 바퀴부터 시작

191

2. 체공 시간

체공 시간이 길다 허공만 바라보는 시간이 길다

점프 뛰자마자 내려옴..

부~웅

#둘다 #차이점이잖아
#어떻게든 #찾고싶었던 #너와_나의_연결고리

자신만만(自信滿滿)

오늘은 순서 다 외워왔지~!

선생접근(先生接近)

지난 시간에 선생님이
풀업 신경쓰라고 했으니까
신경써서 해야지~

순서핵망(順序核亡)

시바억울(始發抑鬱)

큰 맘 먹고 다이어트를 결심한 날

오늘부터 식이 조절 하면서
발레리나 몸 매를 만들어 보겠어!

내일 다시 큰 맘을 먹어봐야겠다

콜!!

시바야~
오늘 치맥 어때???

#이놈의 #콜병

발레 포즈로 찰칵!

취미발레인이라면 누구나 도전해보는 '야외에서 발레 포즈로 사진 찍기'

처음엔 굉장히 어색하고 부담스럽지만

그냥
브...브이

쭈뼛   쭈뼛

아라베스크 한다며~!

점점 남들 시선 따위는 의식하지 않게 되고

어차피 한번 보고
말 사람들인데 뭐~ ㅋㅋ

가끔 박수도 받음

지금이야!

연사로 찍엇!!!

짝짝짝

저 집 개 잘 뛰네

#갈수록 #뻔뻔해짐

한번 몸에 밴 나쁜 습관은

(흔히 '쿠세'라고 부르는데 이는 일본어이다)

손목
꺾지 마세요!

엉덩이
뒤로 빠졌어요

기본기를 제대로 배우지 못한 경우

영상 속 발레리나들의 모습을
어설프게 따라한 경우

197

정말 고치기 힘들기 때문이다

3년째 손목 꺾는 중...

본인은
인지하지 못함...

**#연애와 #발레는
#책으로_배우면_안되는것**

발레 엔돌핀이 솟아나고
파이팅 넘치게 만드는 순간은

꼭 해내고 말겠어!

198

단순 동작의 반복이 아닌
정말 '춤추는 것 같은 순서'가 나왔을 때

쥬떼!

글리싸드

빠 드 부레

똥베

아라베스끄

쥬떼

앙 뚜르낭

음악까지 내 마음을
몽글몽글하게 한다면
금상첨화!

시도 때도 없이 춤추고 싶어진다

싱잉~인 더 레인~~~~

#잊지못할 #순서

평상시에 신고 다니던 신발이 망가지면
쉽게 버릴 수 있는데

또 사지 뭐~

발레 슈즈는 쉽사리 버릴 수가 없다..

내 노력의 결과물 같아서
못 버리겠어 ㅠㅠ

1. 수업 시작 20분 전에 도착해서 몸 푸는 사람
(특히 겨울 오전 수업일 때)

일찍 일어나는 개가
발레를 하지

2. 수업 끝나고 바로 복습하는 사람

까먹으면 안돼

오늘 배운 순서...
지적 사항..

3. 집에서도 근력 운동, 스트레칭 꾸준히 하는 사람

흡!

이게 바로
현대견의 자기관리

4. 수업 끝나고 집에 오자마자 바로 발레복 손빨래 하는 사람

세상

부지런

조물

조물

5. 수업 끝나고 식욕 참는 사람

참아야돼...
아무 냄새도 나지 않아..

호떡 어묵 순대

#세가지_이상 #지키면 #이미_성공한_사람

발레 인생 N년차,
발레가 계속되었으면 좋겠다

즐기지 않으면
오래 할 수 없지!

Level ④

앞으로도 계속, 발레

토슈즈를 신을 수 있게 되었다

시바!
발목 힘이 많이 생겨서
토슈즈 신어도 될 것 같아요
꼭 직접 피팅 해보고 사오세요~

와!! 진짜요??
토슈즈 신는 게 로망이었는데!!

선생님!!
토슈즈 신어보고
제 발에 맞는 걸로 사왔어요!!

토씽도 샀어요!!
젤 두꺼운걸로 ㅋㅋ

토씽
발 보호 용품
실리콘, 스펀지, 라텍스 등의 재질이 있다

토슈즈(Point Shoes)
발 끝으로 서는 것이 가능한 발레용 슈즈
자신의 발 모양, 볼, 두께, 사이즈를 고려하여 선택해야 한다

토슈즈 손질법부터 배워본다

아니
이게 얼마짜린데..!!

1. 부순다

박스를 조금 부숴야 편하게 신을 수 있어요

2. 꺾는다

자신의 발 아치에 맞게 꺾어주면
포인 하기가 수월해요

3. 꿰맨다

공단 리본은 광택 있는 면이
안쪽으로 가도록 꿰매요
(바깥쪽으로 바느질 했을 경우
발목이 두꺼워 보일 수 있기 때문)

플랫폼을 꿰매면 토슈즈의
수명을 좀 더 늘릴 수 있고
안정감 있게 업을 설 수 있어요

기나긴 준비 과정을 끝내고
본격적인 토슈즈 수업 시작

발레 처음 배울 때
생각나네..

뿔리에 해보세요~

드미

발등 밀어서

그동안의 발레 수업과는 차원이 다른 고통을 느꼈다

풀업 하시고

흐엉
힘들어 ㅠㅠ

업 서세요~

상체 잡고

바에 의지하지 마세요

무릎 피세요

아킬레스건을
꼬집는다는 느낌으로!

발등 밀어요

로망을 실현하는 게 이렇게 힘든 일인가…?

〈수업 전〉 〈수업 후〉

#토슈즈를 #신으려는자 #그_고통을 #견뎌라

로망을 실현하는 게 이렇게 손발이 힘든 일이란 말인가!

토슈즈
꿰매는 중

#토슈즈 #신는데 #가내수공업이 #필요할줄이야

선생님이 바를 잡을 땐
발레리노의 손이라고 생각하고 가볍게 얹으라고 하셨다

2.10

난 체중을 얹는 중..

#파트너에게 #악력자랑

토슈즈가 유난히 힘든 이유는
신체적인 고통을 이겨내는 것보다
마음 속 두려움을 쉽게 떨쳐내기 어렵기 때문이다

삐끗

하...

업 섰다가 다치면 어떡하지?

토슈즈 신고
센터는 처음인데..

하지만 그 두려움을 이겨내는 순간

흡!

응?

한 발짝 앞으로 나아갈 수 있는 용기가 생긴다

오! 성공!

다른 것도 해볼까??

#뭐든 #처음이어렵다

장점

1. 다리가 길어 보이고 허벅지 근육이 예쁘게 잡힌다

오
좋은데?

2. 토슈즈를 신다가 벗었을 때
구름 위에 떠 있는 기분을 느낄 수 있다

이렇게 발이
가벼운 느낌은
처음이야!

3. 호신용으로 쓸 수 있(을 것 같)다

토슈즈 부수기
좋은 날씨구만!!!!!!

펙
펙

단점
후각을 마비시킨다

킁 킁 킁킁

#치명적인 #단점

주기적으로 쇼핑을 해도
발레복이 늘 부족한 느낌이 든다면

맨날 레오타드
몇 벌로 돌려 입는 것 같네..

옷장 정리를 해봐야 한다
(정체 모를 발레복들이 깔별로 쏟아짐)

오잉??

내가 이걸
언제 샀었지?

자주 입는 발레복

옷장 구석에서 발견한 새 발레복들

갑자기 발레복 부자가 된 듯한 느낌이 들면서
그동안 안/못 입어본 발레복들을
하나씩 입어보리라 다짐하게 되는데

보물 상자를
발견한 기분!!

결국엔 맨날 입는 발레복만 찾게 된다...

이게 젤 날씬해보여 ㅋㅋ

다시 옷장 구석으로
밀려나는 발레복들..

발레를 할 땐 머리 망을 아래쪽으로 묶는 게 가장 좋다
왜냐하면

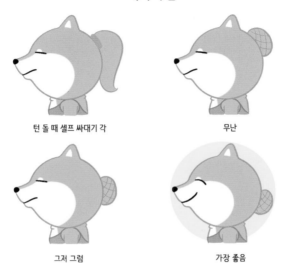

턴 돌 때 셀프 싸대기 각

무난

그저 그럼

가장 좋음

매트에 누웠을 때 제일 편함

10분만 자게
해주세여..

빨리 사야

엇! 블랙 프라이데이 세일!!

빨리 온다

오예

#망설이면 #품절사태

빨리 예매해야

광클!!!

좋은 자리

완전 잘 보여!

#간보다가 #매진사태

발레는 빨리 시작해야

발레 해볼까? 말까?

본전

#나이들면 #산전수전

1. 자연스럽게

저는 삶이 부자연스러운걸요..

고개는 몇 도로 꺾어야
자연스러운 것인가

2. 웃으면서

발레만 하면
안면근육이 고장나는데요

죽여버리겠다는 마임 하는 거 아님
아무튼 아님

3. 여유롭게

일단 여유로운 순서를 주셔야..

유연함보다 중요한 것

취미발레를 시작하려는 사람들에게
가장 많이 듣는 질문중 하나는
'유연함'에 관한 것인데

나 완전 뻣뻣한데
발레 할 수 있어?

다리가 전혀 안 찢어져 ㅠㅠ

창피할 정도라니깐

발레를 하다 보면 느낀다
유연함보다 근력이 더 중요하다는 것을..

백만 스물 하나!
백만 스물 둘!

유연함과 근력의
적절한 콜라보를 위해!

다리를 이만~~큼 찢을 수 있는
유연함을 가지고있어도

이를 뒷받침해줄 근력이 없다면
말짱 도루묵..

손 떼세요

철푸덕

그 밖에도 정말 많은 힘(力)이 필요하다

존버만이 승리한다..

지구력

집중력

체력

노오력

기억력

조금만 더 버텨

취미발레인들이 얼마나 단합이 잘되냐 하면

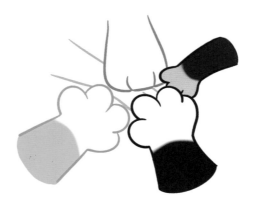

한 명이 순서 틀리면 다같이 틀림

심지어 맞게 한 사람도
틀린 사람을 보고 같이 틀림

내 실력이 정체기 같다고 느껴지거나
새로운 자극이 필요할 땐
다른 학원으로 원정을 나가 보는데

내가 예상했던 레벨이 아니라
당황할 때가 있다

복잡하고도 빠른 순서들이
나에게는 거의 휘모리 장단 수준 ㅠㅠ

사실 찬찬히 살펴보면 분명 다 아는 동작들이다

빠 드 샤
초급반일 때부터 배우던 거

빠 드 부레
수업 시간에 맨날 하던 거

브리제
지겹도록 했음

쏘떼
눈 감고도 할 수 있음

음악이 빨라지면
다 아는 동작들을 연결하는 게 어려울 뿐..

빤샤   빠드부레   브라즈   씨떼

(거의 공중부양 수준으로 움직여야 함)

(음악이 느리다고 해서
순서를 딱히 잘 따라하는 것도 아니지만)

음악이 느리면 순서가 길거든…

(길고 긴 순서)   여기서 끝이겠지?   반대로 랑베르쎄~   에리튜드 런!

그래도 이렇게 어려운 수업을 한 번씩 들을 때면
다시금 투지가 불타오른다

정체기
발태기 따위원 사치!

다음 원정 때는
헤매지 않으리!

동영상 보고
순서 복습 중

학원 방학 때문에
일주일 만에 발레를 했더니 뼈가 아프다

아...
오늘 너무 맞았네

탁 탁

230

선생님한테 뼈 맞음

뜨끔

방학동안
뭐 먹었어요??

허벅지에
살이 붙었네요

몸이 무겁죠?

발레메이트가 한 대 더 때림 ㅋㅋ

살이 전체적으로
좀 쪘네요^^

맨날 까먹는 교훈
: 몸은 거짓말을 하지 않는다

털 찐 거라고
거짓말이라도 하고 싶다..
요즘 털갈이 시즌이라^^ 하하

관절들이 내 마음만큼 움직여주지 않을 땐

45도까지는
턴아웃 잘 됐는데

90도일 땐
왜 골반이 말리냐고..

1. 팔, 다리를 분리해서

2. 관절 DIY를 한 다음에

3. 다시 합체하고 싶다..

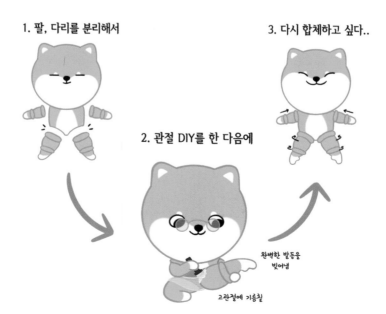

완벽한 발등을
빚어냄

고관절에 기름칠

완성품!

완벽한
헌아웃

목도 길게 뽑아버림

발레는 머리로는 이해할 수 없었던 것들을
몸으로 이해하는 순간 조금씩 발전한다

1. 턴 동작할 때

턴을 돌려고 하지 말고 서세요!

어떻게 서있는데
턴을 돌 수가 있지?

일단 돌아야
더블이고 트리플이고
할 수 있는 거 아닌가..

234

휘청

휘청

하지만 연습을 많이 하다보면
작정하고 돌려고 할 땐
오히려 몸의 균형이 무너지고

잘 서있어야
잘 돌 수 있다는 게
이런 의미였구만!

잘 서있는 상태에서
팔만 살짝 쳐준다는 느낌으로 돌면
안정적인 턴이 완성되는 경우가 많았다!

2. 발란스를 잡을 때

등을 잡으세요!!

거울로 보이는
배 잡기도 힘든데
어떻게 안보이는
등까지 잡으란 말입니까!!

멘탈 잡기도 힘든디

흔들

흔들

**발란스를 잡거나 턴 돌 때, 뽀르 드 브라를 할 때도
등근육을 이용하는 법을 깨우치면
좀 더 안정적인 동작을 수행할 수 있다**

견갑골을 아래로 당겨준다는
느낌으로
평평하게 만들었더니
배에만 힘 줬을 때보다
더 안정감이 생기네요!

발레 가는 날의 루틴

레오타드 입고~

상의 워머도
챙겨 입고~

추우니까
전신 워머도..

풀세팅을 마치면

완벽하군

시간도 딱 맞고

출발해보까~ 룰루

늘 계획에 없던 일이 생김

옷 다 입기 전에
말하라고!!!!

나쁜 말
심한 말

발레 선생님들이 자주 하는 말에는
숨은 뜻이 있다

간단해요
(=간단한 순서로 요단강을 건너게 해주겠다)

어렵지 않아요
(= 여러분들의 수명을 단축시키는 건 어렵지 않다)

우리가 자주 하는 말에 숨은 뜻은 없지만
선생님들은 이렇게 해석하신다

힘들어요   못하겠어요   토나와요

= 이제야 몸이 좀 풀려요

내 발레 실력이 조금씩 늘어가는 이유는
그동안 거쳐온 많은 선생님이
잘 빚어주신(?) 덕분이라 생각한다

몸을 바르게 쓰는 방법에 대해
끊임없이 알려주시고

포기하고 싶은 순간이 와도
조금이라도 더 버틸 힘을 길러주셔서
정말 감사할 따름!

하지만 가끔은
빨리 가셨음 좋겠다…

아 절대 싫다는 건 아니고요
너무 좋고 감사한데

위로 더 쭈욱!!!

끝까지 끝까지 끝까지

옆으로도 쭈욱씬

끝까지

끝까지 끝까지 끝까지

끝까지 끝까지 끝까지

이제 그만 절 포기해 주세여 ㅜㅜ

좀 전에 알룡제할 때
무릎 끝까지 안 폈어요
다시 해봐요

끝까지옥..

발레 초보 시절에는
'연차가 쌓이면 이 정도는 성장하겠지?'
라는 막연한 기대를 하며 실력 연마에만 힘썼는데

5년차엔 귀 옆에 붙어있겠지?

3년차엔 이정도..?

245

막상 발레 n년차가 되니
실력보다는
마인드 컨트롤 내공만 쌓이는 기분이다

도 닦는 중..

처음 발태기가 왔을 땐
어찌해야 할지 몰라 많이 발버둥쳤다면

이제는 일희일비하지 않고
이 시기를 잘 버티는 법을 터득했달까

(마인드 컨트롤 중)

나는 저평가 우량견이다.. 언젠가는 떡상한다..

아니지 현상 유지라도 잘하자

본전은 잃지 말아야지

(잠깐 눈물 좀 닦고)

발레 견생은 앞으로도 길다구..

공수래 공수거
견생도 발레도 빈손으로 왔다 빈손으로 가는겨

이 시기를 잘 흘려보내면
실력 떡상은 못해도
즐거움이 다시 떡상하는 날이 온다

열쩡!
열쩡!
열쩡!

즐거움에는
상한가가 없다!

그리고 혹시나
발태기를 나 혼자만 겪는 것이라 생각하는 분들이 있다면
절대 혼자가 아니라는 사실을 알려드리고 싶다
힘든 순간은 누구에게나 찾아온다

나도 발태기가 오더라고···

초긍정적인
발레메이트 J씨

J씨는 발태기 따위
없을 것 같은데!!!

역시 누구에게나
자기만의 힘듦이 있다더니...

이유는 조금 다를 수 있음
(옷장에 새 발레복이 없으면 발태기가 온다고 함)

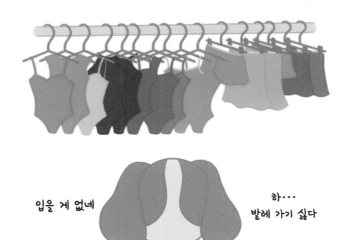

입을 게 없네

하···
발레 가기 싫다

누군가 나에게
발레를 왜 그렇게 열정적으로 하냐고 물은 적이 있다

내가 열정적인 이유??? 그건...

근육통 때문에 아파하고
발태기 와서 괴로워하는데
발레를 계속 하는 이유가 뭐야?

힘든 건 잠깐이지만

차곡 차곡 누적된 기쁨과 즐거움은 오래 가니까..

힘들었던 하루, 고된 내일을
버틸 수 있는 원동력이 되니까!

발레 목표가 생겼다

발레를 '건강하게' 한다는 건
자신의 몸을 올바르게 이해하고 기본을 지킨다는 것이고

기본을 지키자

'오래 오래' 한다는 건
발레를 즐겨야만 가능한 일!

즐기지 않으면
오래 할 수 없지!

할 수 있어!

시바 여사 고희연

이 핼미는
아직 정정하다니께

여러분도
저랑 같이 '건강하게 오래 오래' 발레해요

시바리나의 발레일기

개정1판1쇄 발행일	2022년 01월 25일
초 판 발 행 일	2019년 02월 20일
발 행 인	박영일
책 임 편 집	이해욱
저 자	임이랑
편 집 진 행	박소정
표 지 디 자 인	박수영
편 집 디 자 인	신해니
발 행 처	시대인
공 급 처	(주)시대고시기획
출 판 등 록	제 10-1521호
주 소	서울시 마포구 큰우물로 75 [도화동 538 성지 B/D] 6F
전 화	1600-3600
팩 스	02-701-8823
홈 페 이 지	www.sidaegosi.com
I S B N	979-11-383-1542-5[03810]
정 가	14,000원